Stéphanie Eleaume Lachaud, Vigdis Herrera et Chloé Bonnadier

Illustrations de Filf

J'APPRENDS LE CHINOIS AUTREMENT

Niveau débutant

100 cartes mentales pour découvrir facilement les bases du mandarin !

Éditions EYROLLES

Éditions Eyrolles
61, bd Saint-Germain
75240 Paris Cedex 05
www.editions-eyrolles.com

Création de maquette : Anne Krawczyk
Mise en pages : Florian Hue

ISBN : 978-2-416-00514-5

SOMMAIRE

PRÉAMBULE

Pour les petits et les grands !

Pour que le coffret soit utilisé à la fois par les adultes et par les enfants, nous avons sélectionné les thèmes qui sont enseignés aux élèves débutants. Nous avons en effet pris soin d'intégrer les leçons nécessaires à la découverte de cette langue. Vous pourrez facilement utiliser ce coffret comme support des cours de chinois.

La prononciation, pas une mince affaire !

La prononciation est probablement la chose la plus complexe lorsqu'on débute l'apprentissage d'une langue. L'accentuation dans une phrase, l'accent tonique d'un mot… Pas évident à expliquer ! C'est pourquoi nous avons sonorisé plus de 500 mots et phrases contenus dans le coffret. Vous les retrouverez sur notre site Internet : **mescartesmentales.fr/jeux-revise**.

Approuvé par des pros !

Pour concevoir ce coffret, nous avons fait appel à des professionnels de l'apprentissage des langues, qui ont identifié les thèmes les plus importants et approuvé le contenu de chaque carte. N'hésitez pas à compléter votre coffret en ajoutant vos propres cartes mentales. Nous avons mis à votre disposition des cartes vierges à télécharger sur notre site Internet. Vous pourrez les glisser dans votre coffret, une fois personnalisées !

N'ayez pas peur du ridicule !

Ce qui peut parfois limiter l'apprentissage d'une langue est la peur de faire des erreurs. N'ayez plus peur ! Vos interlocuteurs remarqueront certainement vos efforts plutôt que vos erreurs. L'erreur fait partie de l'apprentissage ! C'est bien en trébuchant et en tombant que l'on apprend à marcher, non ? Alors retrouvez votre âme d'enfant et arrêtez de dire : « Je ne sais pas parler chinois », dites plutôt : « Je n'ai pas encore appris à parler chinois. »

1 L'ÉCRITURE CHINOISE

Les origines de l'écriture chinoise

On raconte que les caractères chinois furent inventés par Cang Jie, l'un des ministres du mythique empereur Jaune, Huang Di, 2 500 ans avant Jésus Christ. Selon la légende, Cang Jie observait tranquillement à sa fenêtre le paysage d'hiver qui l'entourait, lorsqu'il remarqua des empreintes d'oiseaux dans la neige. Elles étaient toutes différentes et il essaya de deviner à quelle espèce elles appartenaient. Il eut soudain l'idée de s'inspirer des traces dans la neige pour lui aussi écrire des messages, donnant ainsi naissance aux caractères chinois !

D'un point de vue strictement historique, les premières traces d'écriture en Chine remontent à 1 500 ans avant Jésus Christ. On retrouve les premiers caractères gravés sur des carapaces de tortues ou bien des os ! Les caractères de l'époque ne ressemblaient pas tout à fait à ceux que l'on apprend aujourd'hui, ils ressemblaient plus à des hiéroglyphes, comme vous pouvez le voir sur les cartes V1 et V2.

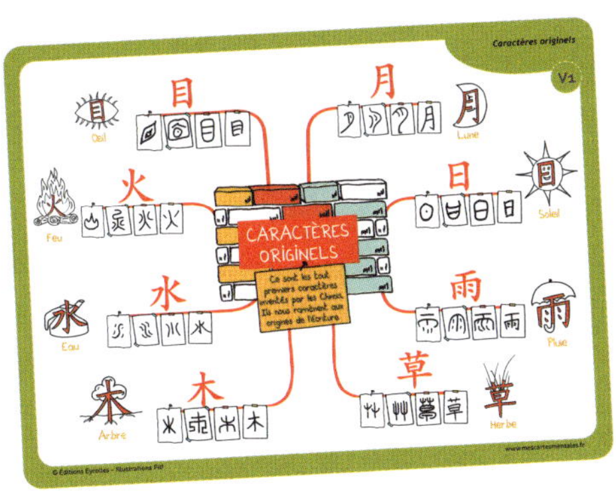

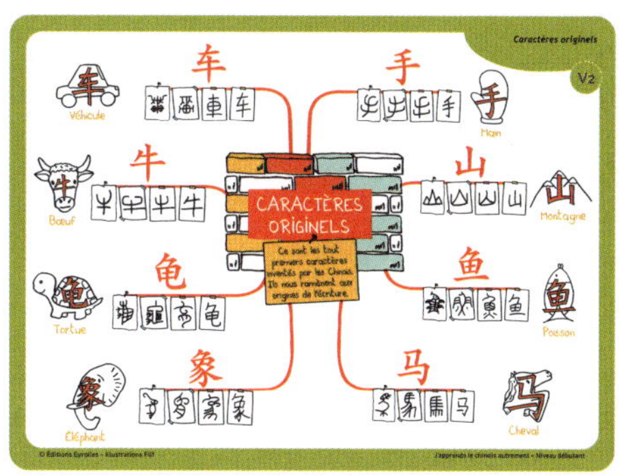

Généralités sur l'écriture chinoise

L'écriture chinoise est la seule au monde à ne pas avoir d'alphabet ! C'est aussi la plus ancienne encore en usage aujourd'hui.

Compte tenu de son grand âge, on peut considérer que cette écriture faite de caractères n'a subi que peu de variations.

Initialement, les tout premiers caractères furent inventés pour représenter des choses concrètes. Comme le montrent les cartes V1 et V2, ils représentaient des choses qu'on pouvait dessiner et reconnaître facilement.

Au bout d'un moment, une difficulté s'est fait ressentir : comment écrire des idées complexes et abstraites ? Il existait déjà une centaine de caractères de bases et les Chinois de l'époque décidèrent de les utiliser et de les assembler pour créer des mots nouveaux au lieu d'inventer de nouveaux dessins.

On retrouve ainsi 3 sortes de caractères :

- **Les pictogrammes :** ceux que nous appelons « caractères originels » dans le coffret.
  Exemples :

Femme

Enfant

Cheval

- **Les idéogrammes :** ceux qui représentent des idées et qui associent plusieurs composants en raison de leurs sens.
  Exemples :

Bien

La femme qui a des enfants représente le bien.

★ **Les idéophonogrammes :** ceux qui utilisent des composants pour leur signification et pour leur prononciation.
Exemple : maman 妈 = femme 女 + cheval 马

Maman

Ici le composant du cheval n'est pas là pour faire sens, il est là pour indiquer comment prononcer ce mot qui fait, bel et bien, référence à la femme.

De nombreux caractères originels sont devenus des composants de nouveaux caractères. En mémorisant les 150 composants principaux, vous pourrez écrire et mémoriser facilement et rapidement tous les caractères chinois que vous apprendrez. 150 composants vous semblent beaucoup trop ? Sachez qu'en apprenant à lire et écrire français, nous avons réussi à mémoriser non pas seulement les 26 lettres de l'alphabet, mais les 190 combinaisons de sons possibles associées à nos lettres et groupes de lettres !

Il y a un peu moins d'un siècle, la Chine comptait 90 % d'illettrés. Les 10 % maîtrisant les caractères faisaient partie d'une élite et étaient quasi exclusivement des garçons. Le changement de régime politique et l'arrivée au pouvoir des communistes a permis un changement majeur dans l'accès à l'éducation. L'objectif des dirigeants était d'inverser la tendance. Cependant comment faire avec des caractères complexes ? Il fut décidé de simplifier l'écriture en « allégeant » les caractères. Ainsi, le mot *cheval* s'écrivait 馬 et est devenu 马 après la simplification. Pareil pour *pays* 國 devenu 国 ou encore *ouvrir* 開 devenu 开.

Cette politique a permis d'atteindre aujourd'hui plus de 99 % d'alphabétisation, filles et garçons confondus !

Le chinois qui est enseigné en France est très majoritairement le chinois simplifié en usage en République populaire de Chine. L'île de Taïwan, quant à elle, utilise toujours le système traditionnel.

Combien de caractères faut-il connaître en chinois ?

« La vie d'un homme n'est pas assez longue pour connaître tous les caractères », dit un proverbe chinois.

Il existerait en tout près de 56 000 caractères ! Effrayant n'est-ce pas ? Mais saviez-vous que la langue française compte 100 000 mots ? Connaissez-vous les mots « flavescent » (une couleur entre le jaune et l'or), « obduration » (le fait d'être endurci au cœur sec), « pétrichor » (l'odeur de la terre après la pluie) ou encore « ouroboros » (dessin d'un serpent qui se mord la queue) ?

Un Français moyen connaît environ 3 000 mots seulement, soit 3 % des richesses de notre langue natale, et cela suffit parfaitement à communiquer !

Il en est exactement de même pour les caractères chinois. Un Chinois éduqué en connaît environ 5 000.

Nombre de caractères	Fréquence d'utilisation
100	42 %
200	55 %
500	75 %
1 000	89 %
2 000	97 %
5 000	99,97 %

On estime donc que 100 à 800 caractères permettent de se débrouiller dans la vie de tous les jours, que 1 000 à 3 000 représentent un niveau intermédiaire et que plus de 3 000 représentent un niveau bilingue.

Le pinyin : la transcription phonétique du chinois

Comme nous l'avons vu plus haut, le chinois s'écrit grâce à des caractères et non pas avec notre alphabet latin. Cependant, à la fin des années 1950, la volonté d'unification de la Chine et d'alphabétisation de la population a conduit à la création du **pinyin** : un système de transcription phonétique utilisant l'alphabet latin. Cela permit de normer les sons d'une langue commune à tous les Chinois.

Le pinyin, vous l'aurez compris, n'a pas été créé par des étrangers voulant apprendre la langue, mais bien par des natifs à destination d'autres natifs. Et c'est là que les choses se compliquent pour nous francophones ! Vous avez peut-être déjà vu dans les journaux le célèbre exemple de **Mao Zedong**, parfois écrit **Mao Tsétoung** ou encore **Mao tse-tong**. Ces différences sont dues aux tentatives de chaque pays de retranscrire le plus fidèlement possible les sons qu'ils entendaient dans cette langue très éloignée.

En France, nous avons longtemps utilisé le système de transcription de l'École française d'Extrême-Orient, tandis que nos voisins anglo-saxons utilisaient le système Wade. Petit à petit, ces systèmes ont été remplacés par le pinyin, devenu la référence dans le cadre de l'enseignement du chinois puisqu'il est reconnu par la France depuis presque trente ans.

Cependant cette transcription censée être plus précise n'est pas intuitive pour nous. Il nous faut réapprendre des nouvelles associations lettres-sons, avec des prononciations très éloignées des nôtres. Par exemple *zh* qui se prononce *dj*, le *i* qui se prononce *e* selon la consonne placée devant, le *c* qui se prononce *ts*… Sans être dans un vrai bain de langues, il est dur d'avoir les automatismes, ce qui engendre des erreurs de prononciation durables et difficiles à rectifier.

C'est pour cette raison que **les programmes de l'Éducation nationale bannissent le pinyin** auprès des plus jeunes, afin de ne pas interférer avec l'apprentissage de la lecture en français ! Mais ces préconisations sont aussi bénéfiques pour les adultes !

Dans des cours de chinois avancés, il est courant de voir des personnes incapables de lire un nouveau mot en pinyin sans faire d'erreurs rendant le mot incompréhensible, les réflexes de lecture en français prenant systématiquement le dessus. Cela handicape fortement les apprenants qui, malgré des années d'études, n'arrivent pas à s'exprimer convenablement. On tient là une des raisons majeures de la réputation du chinois comme langue difficile ! Or c'est bien en caractères que le chinois s'écrit… c'est donc bien eux qu'il faut mémoriser en priorité !

Voilà pourquoi vous ne trouverez pas de pinyin en début d'apprentissage avec *Les Petits Mandarins* ni à l'intérieur de ce coffret. Le pinyin vous aurait fait mettre de côté les caractères et surtout, mémoriser une prononciation « à la française » des sons du chinois, rendant complètement caduc notre outil.

Vous trouverez sur le site *www.mescartesmentales.fr* l'ensemble des mots prononcés cartes par cartes et sur *Les Petits Mandarins*, une méthodologie composée de nombreux jeux pour mémoriser le vocabulaire progressivement.

Apprendre à la fois le pinyin et les caractères chinois revient à faire deux apprentissages en même temps. Ainsi certaines personnes délaissent totalement l'apprentissage des caractères au profit exclusif du pinyin, mais rappelons-le, ce n'est pas une langue ! Il ne permet pas de lire le chinois, la langue se code à l'aide de **sinogrammes.**

Si néanmoins vous avez besoin de noter en alphabet les mots (ce n'est pas obligatoire) nous vous encourageons à écrire « comme vous l'entendez ». Cette transcription sera ainsi la plus adaptée à votre oreille (et n'est-ce pas là le plus important quand on veut mémoriser ?).

Le pinyin étant cependant important, pour chercher dans le dictionnaire, taper à l'ordinateur etc., nous l'introduisons en cours d'apprentissage sur *Les Petits Mandarins*, une fois le niveau A1 atteint. Cela seulement lorsque l'oreille est habituée et que la lecture alphabétique ne va plus engendrer d'erreur car vous connaissez suffisamment de vocabulaire pour ne plus être influencé.

Les tons en chinois

La langue chinoise est une langue tonale. Cela signifie qu'une même syllabe va pouvoir se prononcer différemment en fonction de son ton.

Les tons sont au nombre de 4 :

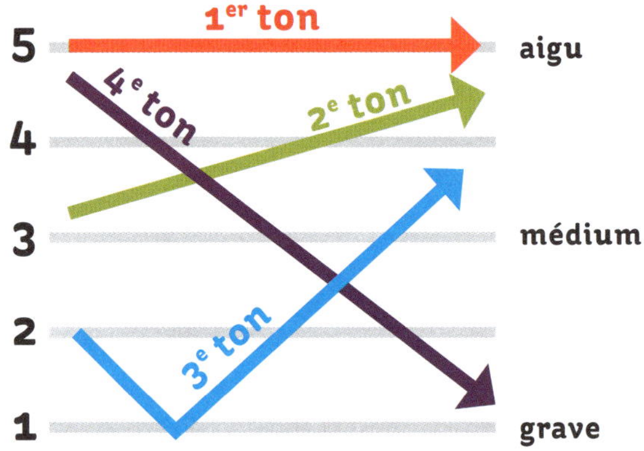

Le ton va changer le sens d'un mot. On le place sur la transcription en pinyin mais pas sur le caractère.

Les tons sont souvent représentés sur une gamme car, comme en musique, ils vont du plus grave au plus aigu.

- Le premier ton est le plus aigu et le seul à être plat. Exemple :

妈 (mā) : maman

- Le deuxième ton est montant, il part du centre pour monter dans les aigus. Exemple :

麻 (má) : chanvre

- Le troisième ton descend vers le grave pour remonter vers l'aigu. Exemple :

马 (mǎ) : cheval

- Le quatrième ton est tranchant et sec, il va du plus aigu au plus grave. Exemple :

骂 (mà) : insulter

- Il existe aussi le ton neutre, sans intonation particulière. Exemple :

吗 (ma) : particule interrogative

Dans ce coffret et au début de l'apprentissage sur *Les Petits Mandarins*, les tons comme le pinyin ne sont pas représentés pour ne pas complexifier l'apprentissage et aider au maximum au développement de l'oreille. Prêtez une grande attention à la prononciation des mots quand vous les écouterez. Écouter et reproduire les variations entendues sur les syllabes aide beaucoup à s'imprégner naturellement des tons.

Généralités sur la grammaire chinoise

Beaucoup de gens sont persuadés que le chinois est une langue très difficile. Nous avons déjà expliqué que les composants sont la structure et la logique des caractères chinois et qu'ils permettent de les mémoriser facilement. L'autre caractéristique de l'écriture chinoise réside dans sa grammaire, très simple comparée à celle du français :

- il n'existe pas d'orthographe ;
- il n'existe pas d'accord de genre ;
- il n'y a pas d'accord de nombre ;
- il n'y a pas de conjugaison !

Alors, le chinois a-t-il l'air si difficile ?

Là où parfois vous risquez d'être un peu perdu, c'est que la grammaire chinoise est éloignée de la nôtre. Il y a des mots qui sont utilisés en chinois qui n'ont pas d'équivalents en français. Mais pas de panique ! Voici quelques repères :

Les classificateurs : ce sont des petits mots d'un seul caractère qui n'existent pas dans notre langue. Ils se placent toujours entre le chiffre et l'objet qu'on veut compter. Il y en a plein de différents pour des catégories de choses variées.

Parfois on peut les traduire :

一瓶水 une bouteille d'eau

Parfois on ne peut pas :

一只猫 un chat

Mais il ne faut jamais oublier de les mettre ! Sinon les Chinois auront du mal à vous comprendre.

Les particules : elles aussi ne sont composées que d'un caractère. Elles ont différentes fonctions dans la phrase. Les particules finales servent la plupart du temps à traduire le sentiment ou l'intention des personnes qui parlent par exemple 吗 marque une question et 吧 une incitation. D'autres servent à remplacer la conjugaison. Car oui, s'il n'y a pas de conjugaison, comment peut-on savoir s'il s'agit du présent ou du passé ? Eh bien on met une particule derrière le verbe ! Comme 了 qui indique que l'action est accomplie et 过 qui indique une expérience vécue dans le passé.

Les adverbes : ils existent aussi dans la langue française, mais ils sont bien plus nombreux en chinois. Ils se placent toujours devant le verbe, et en modifient le sens. Ils peuvent exprimer entre autres le degré (很) ou la manière (一起) dont une action est accomplie.

Les conjonctions : ce sont des mots qui relient des mots ou des phrases. Par exemple 还是 qui permet de relier deux options est l'équivalent de notre « ou bien ».

Règles d'or de l'écriture chinoise

Pour écrire correctement en chinois, il est nécessaire de respecter quelques règles :

- les traits se tracent toujours de gauche à droite et de haut en bas,
- on trace d'abord les traits horizontaux puis verticaux,
- on trace les traits extérieurs puis intérieurs,
- dans les caractères comme 小 qui ont les mêmes traits à gauche et à droite on trace le trait central en premier.

Cela est aussi important que l'orthographe en français !

Pour vous aider à vous en souvenir, vous trouverez toujours l'ordre sur les cartes des composants.

2 AU FAIT, C'EST QUOI UNE CARTE MENTALE ?

Même si, de prime abord, une carte mentale peut paraître compliquée, elle ne l'est pas du tout en réalité ! Dès que vous et votre enfant aurez le mode d'emploi, vous serez surpris par sa simplicité, son originalité et son côté ludique.

Définition

La carte mentale, qui porte également les noms de « carte heuristique », « arbre à idées » ou « Mind Map » (de l'anglais *mind*, esprit, et *map*, carte), est une représentation spatiale des informations. Elle permet de visualiser les liens entre les idées et d'avoir une approche globale du sujet cartographié.

Comment lire une carte mentale ?

Pour pouvoir lire une carte mentale, il faut d'abord comprendre comment elle est composée. Il y a trois éléments principaux :

- le **cœur** qui indique le sujet général de la carte ;
- les **branches principales** qui indiquent les grands thèmes de la carte ;
- les **branches secondaires** qui donnent des détails sur le thème de la branche concernée.

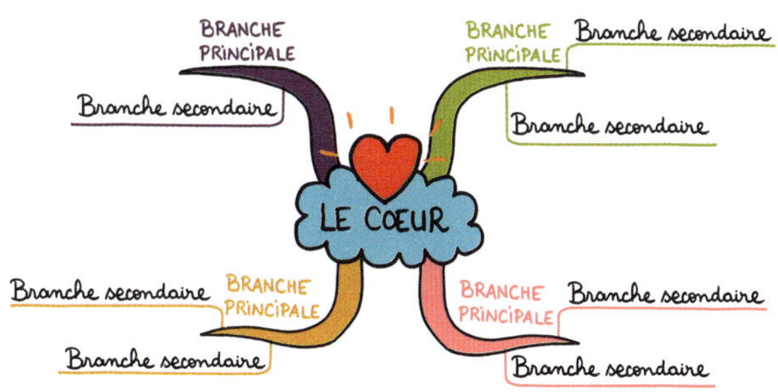

On commence la lecture de la carte par son cœur, puis on poursuit par la première branche principale qui se trouve en haut à droite de la carte et on entre dans le détail en lisant les branches secondaires. **La carte mentale se lit ensuite dans le sens des aiguilles d'une montre.**

Les codes de la carte mentale

Pour concevoir une carte mentale, il est conseillé de respecter certaines règles. Mais, rassurez-vous, si les branches de vos cartes n'ont pas toutes la bonne forme, ou que les pictogrammes ne sont pas très ressemblants, ce n'est pas grave ! L'important n'est-il pas de se comprendre soi-même ?

Papier vierge et format paysage

Le matériel nécessaire est assez basique et peu coûteux ! Pour débuter, il ne vous faudra qu'une feuille de papier, un crayon de papier (ou un stylo si vous êtes confiant) et des crayons de couleur (ou des feutres fins). Utilisez des feuilles A4 ou A5 au format paysage. Bannissez les petits carreaux !

Un joli cœur

Positionnez le cœur au centre de la feuille, ni trop à droite, ni trop à gauche, ni trop haut, ni trop bas pour que les branches puissent être ajoutées de manière harmonieuse. Pour une feuille au format A4, le cœur peut utiliser un emplacement de 5 cm × 5 cm. Le cœur de la carte mentale est bien plus qu'un simple titre. Il doit être imagé, en couleurs et susciter une émotion.

Des branches harmonieuses

Les branches principales sont réparties harmonieusement autour du cœur de la carte. Elles sont souples, inclinées au maximum à 45° et de la longueur du mot qu'elles accueillent. Les branches verticales sont à proscrire car elles nuisent à la lisibilité. Choisissez une couleur par branche. La couleur permettra de catégoriser l'information et de faciliter la mémorisation de la carte.

Des mots-clés bien choisis

La règle est simple : chaque idée doit être résumée en un ou deux mots-clés. Choisissez les mots-clés les plus importants. Ils évoqueront ensuite toutes les informations que vous avez déjà mémorisées.

Des pictos à gogo

Pas besoin d'être un talentueux dessinateur pour illustrer des cartes mentales. Certes elles ne seront pas aussi esthétiques que celles de professionnels, mais elles seront tout aussi efficaces. N'est-ce pas le plus important ?

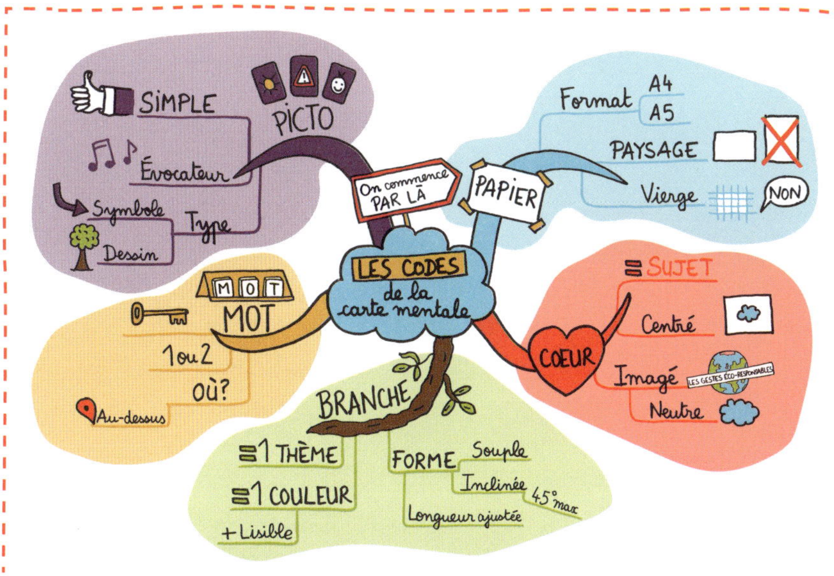

La carte mentale, un outil magique !

Notre cerveau est composé de deux hémisphères. L'hémisphère droit qui traite les formes, les couleurs, la synthèse, et l'hémisphère gauche qui traite plutôt les mots, les détails, l'analyse. Pour bien comprendre et mémoriser une information, notre cerveau a besoin d'utiliser conjointement les fonctions de ses deux hémisphères.

La carte mentale est un outil de mémorisation efficace car elle utilise le fonctionnement naturel de notre cerveau. En effet, elle sollicite de manière simultanée les fonctions de nos deux hémisphères. Elle donne à la fois une **vision synthétique** du sujet (hémisphère droit) et sa **vision détaillée** (hémisphère gauche). Elle utilise aussi des **mots-clés** (hémisphère gauche) associés à **des images** ou à **des formes** (hémisphère droit). Bref, avec la carte mentale, les deux hémisphères de notre cerveau sont sollicités en même temps, ce qui permet de mieux comprendre et de mieux retenir l'information. Voilà pourquoi elle est magique !

3 MODE D'EMPLOI DE VOTRE COFFRET

Contenu du coffret

Votre coffret est composé de 4 intercalaires. Chacun d'eux vous permettra de comprendre la langue et l'écriture chinoise et de progresser dans celle-ci.

Les intercalaires correspondent à des spécificités bien particulières du chinois.

Les cartes *composants*

L'écriture chinoise n'a pas d'alphabet. Elle fonctionne comme un puzzle, en assemblant différents composants ensemble, choisis en fonction de leurs sens ou de leurs sons.

Les cartes *vocabulaire*

Vous pourrez ici découvrir du vocabulaire classé par thème et plein d'informations intéressantes sur la Chine.

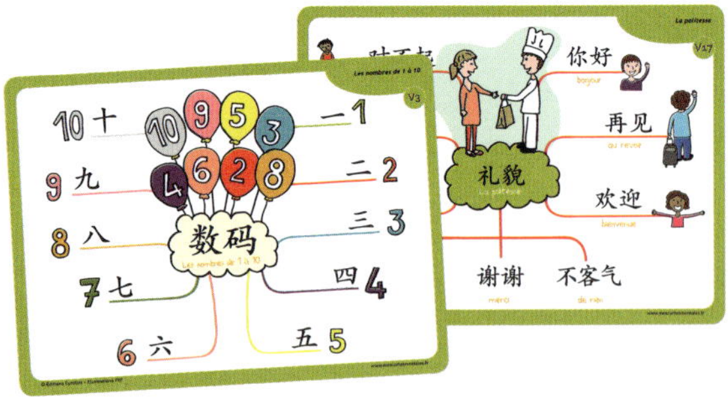

Les cartes **classificateurs**

C'est une spécificité de la langue chinoise, un petit mot qui sert à dénombrer et qui change en fonction de ce qu'on dénombre.

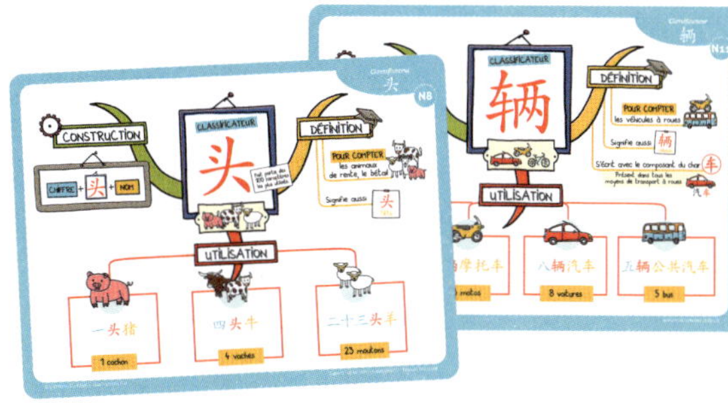

Les cartes **grammaire**

La grammaire chinoise est très basique. Ces cartes vous permettront d'en saisir la logique.

La méthode *Les Petits Mandarins*

Les Petits Mandarins est une méthode de chinois conçue par Vigdis Herrera, une ancienne professeure des écoles et de langue chinoise passionnée. Elle est disponible en ligne, sur le site Internet *lespetitsmandarins.fr* et sur l'application du même nom.

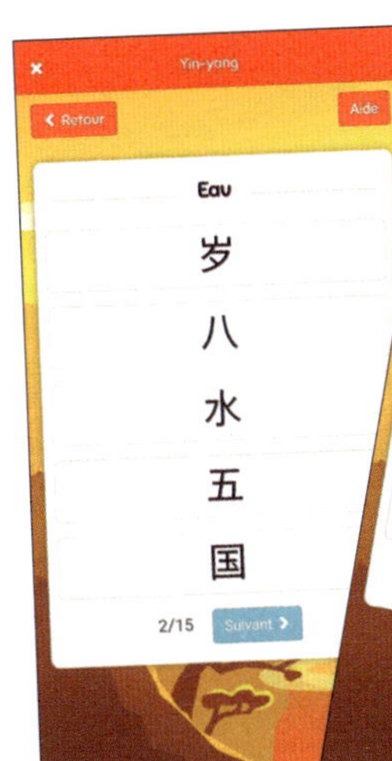

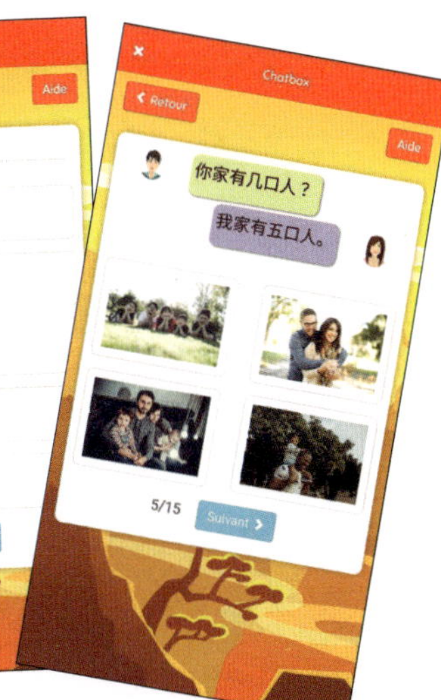

Vigdis Herrera a commencé son apprentissage du chinois à l'âge de 11 ans à distance. Malgré une grande motivation, elle n'a pas réussi à apprendre avec la méthodologie classique et peu engageante qui lui a été proposée dans le cadre de la LV2. À 16 ans, elle part vivre en Chine, seule, durant près de deux ans. C'est sur place qu'elle a appris à maîtriser la langue en immersion. Diplômée en chinois et en pédagogie, elle a enseigné la langue au sein de l'Éducation nationale mais également auprès de particuliers, enfants et adultes.

En réalisant que ses élèves de tous âges étaient confrontés aux mêmes difficultés qu'elle plus jeune pour apprendre la langue, elle a travaillé à la mise en place d'outils pour mémoriser plus facilement. Face à leur succès, elle a créé *Les Petits Mandarins* pour diffuser plus largement sa méthodologie.

Aujourd'hui, 18 000 personnes en France (enfants et adultes) se forment grâce à son site Internet.

La méthode *Les Petits Mandarins* repose sur l'usage d'un *serious game*, doublement primé en France pour son ingénierie pédagogique permettant à toutes et à tous d'apprendre de manière ludique. La progression est ainsi plus rapide, tant sur l'oral que l'écrit, tout en étant plus motivante. L'apprentissage par le jeu, quel que soit l'âge, est un formidable moteur d'acquisition de connaissance.

Les Petits Mandarins est utilisée par les particuliers, enfants et adultes, dans les établissements scolaires et supérieurs ainsi que dans le cadre de la formation professionnelle.

Comment utiliser votre coffret ?

Ce coffret vous sera utile quelle que soit la manière dont vous apprenez le chinois.

Relire ces cartes après un cours, revoir les connaissances de la semaine pendant le week-end ou encore préparer son voyage à l'étranger… Autant de possibilités que de besoins ! À vous de jouer pour faire de ce coffret un outil d'apprentissage simple et ludique !

Si vous utilisez l'application *Les Petits Mandarins* en complément de ce coffret, il vous aidera à comprendre les leçons et les mises en application dans les nombreux exercices ludiques.

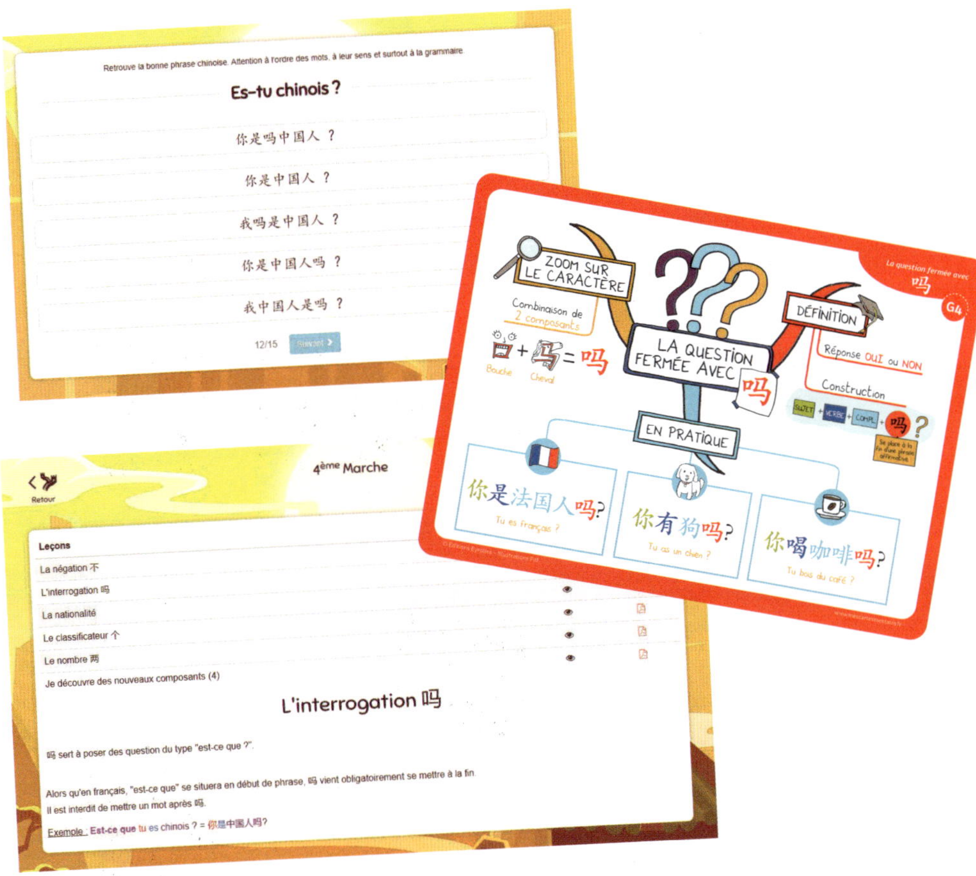

4 EN SAVOIR PLUS SUR LA LANGUE ET LA CIVILISATION CHINOISE

Vous êtes passionné par la Chine ? Vous êtes à la recherche de ressources culturelles pour en apprendre plus sur ce beau pays à la civilisation millénaire ?

Chez *Les Petits Mandarins*, nous sommes aussi de grands passionnés, c'est la raison pour laquelle nous avons créé un blog qui regorge d'informations sur l'Empire du Milieu, ainsi qu'une chaîne YouTube régulièrement alimentée de nouvelles vidéos culturelles.

- blog.lespetitsmandarins.fr
- www.youtube.com/channel/UC-vsfPjrArgcxBiL1blpWGA

REMERCIEMENTS

Nombreux sont les amis, enseignants, parents qui nous ont écoutées avec enthousiasme, aiguillées et encouragées tout au long de cette aventure. Merci à vous tous qui, avec vos commentaires : « Tu es sûre que ça se dit comme ça ? », « Ton ananas, il ne ressemble pas vraiment à un ananas ! », avez, chacun à votre mesure, façonné ce projet.

Merci à l'ensemble de l'équipe des Petits Mandarins pour son implication autour de ce projet.

Merci également à nos amis et à nos proches qui ont suivi la réalisation de ce coffret avec intérêt, nous apportant un regard et un avis extérieur souvent judicieux !

À nos formidables éditrices, Pauline, Élodie, Coraline et Joanne, qui nous ont toujours accompagnées avec confiance et bienveillance, et à Florian pour les longues heures passées sur nos épreuves pour que tout soit parfait !

Un grand merci à Juliette, précieux partenaire technique pour avoir vectorisé et positionné des centaines d'illustrations !

Et merci à vous, qui êtes de plus en plus nombreux à apprécier nos coffrets de cartes mentales, à commenter et à partager nos astuces. Ce sont tous vos gentils messages, vos compliments et vos encouragements qui nous donnent tant d'énergie et de motivation.

MERCI !

CHEZ LE MÊME ÉDITEUR ET PAR LES MÊMES AUTEURES

Mes leçons de maths CP, CE1, CE2

Mes leçons de maths CM1, CM2, 6ᵉ

Mes leçons de maths niveau collège

J'apprends les multiplications autrement

Mes leçons de français CP, CE1, CE2

Mes leçons de français CM1, CM2, 6ᵉ

Mes leçons de français niveau collège

J'apprends l'anglais autrement

J'apprends l'espagnol autrement

J'apprends l'allemand autrement

J'apprends l'italien autrement

Mon cahier d'exercices pour devenir un as en français CE1-CE2

Mon cahier d'exercices pour devenir un as en math CE1-CE2

30 activités pour devenir un as des cartes mentales

Mon cahier d'exercices pour devenir un as en français CM1-CM2

Mon cahier d'exercices pour devenir un as en math CM1-CM2

Mon cahier d'exercices pour devenir un as en anglais

Et notre nouvelle gamme pour les enseignants :

Mes cartes mentales pour enseigner le français cycle 2 (CE1, CE2)

Mes cartes mentales pour enseigner le français cycle 3 (CM1, CM2)

Dépôt légal : janvier 2022
Imprimé en Chine par C&C offset